Yo soy respe

por Barbara M. Linde • ilustrado por Marc Monés

Mamá y papá se despidieron.

—Pórtate bien con Karla —dijeron.

—Ojalá mi *verdadera* niñera estuviera aquí —dije yo.

—Beatríz es mi amiga —dijo Karla—. Ella me contó que tú eres una niña fenomenal.

—No me siento fenomenal esta noche —dije yo. Entonces me fui corriendo y me escondí.

—Oye, Tania —dijo Karla—, ¿no te gustaría jugar algún juego antes de dormir?

—¿Qué tipo de juego? —pregunté.

—Tendrás que salir de tu escondite si quieres saberlo —dijo Karla.

—¡Aquí estoy! —dije yo.

—Me sentí mal cuando te escondiste de mí —dijo Karla.

—Lo siento —dije yo—. ¿Podemos jugar a lo que decías?

—¿Prometes escuchar con atención y seguir las reglas? —dijo ella.

—¡Lo prometo! —dije yo.

—Voy a simular que soy un animal —dijo Karla—. Tú debes adivinar qué animal soy.

Karla movió sus brazos con gracia e hizo "¡Cuac!"

—Es fácil —dije yo—. ¡Eres un pato!

—¿Puedes ser mi niñera en otra ocasión?
—pregunté.
—Claro —dijo Karla—. ¡Eres una niña fenomenal!